ORAISON FUNEBRE

DE TRES-HAUT,

TRES-PUISSANT ET TRES-EXCELLENT PRINCE

LOUIS XIV.

ROY DE FRANCE ET DE NAVARRE.

Prononcée le Mercredy treiziéme Novembre 1715. dans l'Eglise de Beauvais.

Par Monsieur l'Abbé LE PREVOST, Predicateur ordinaire du Roy.

A PARIS,

Chez NICOLAS PEPIE, ruë Saint Jacques, au Grand Saint Bafile.

M. DCC. XV.

AVEC PRIVILEGE DU ROY.

ORAISON FUNEBRE
DE TRES-HAUT,
TRES-PUISSANT ET TRES-EXCELLENT PRINCE
LOUIS XIV.
ROY DE FRANCE ET DE NAVARRE.

Princeps, & maximus cecidit in Israël.
Un Roy, & un tres-grand Roy est mort en Israël, *au 2. liv. des Rois chap. 3.*

ONSEIGNEUR,

Que la Cérémonie qui nous assemble dans ce
lieu Saint, est triste, & que la perte dont elle
nous retrace le souvenir, est amére, & doulou-

A ij

Monseigneur François Honorat Antoine de Beauvillier, de S. Aignan, Evêque Comte de Beauvais, Pair de France, officiant pontificalement.

reufe , pour quiconque s'intereſſe à l'honneur
de la Religion & de la patrie ! Il n'eſt donc
plus ce Roy , qui par ſes qualités admirables
étoit la Couronne de ſes Sujets, & l'ornement
du premier Trône du monde , & dont la preſence imprimoit, dans les cœurs les moins François , la vénération & l'amour ! Le ciel nous
l'a donc repris ce Monarque , dont le nom redouté valloit à nos Provinces les plus ſolides
ramparts, qui nous a ſi ſouvent réjouïs par le
nombre, & la grandeur de ſes exploits , devant
qui l'Europe étonnée, tremblante, ſoumiſe a
poſé tant de fois les armes de ſa jalouſe colere, & qui pour mettre fin à nos calamités, mé-
ditoit, & offroit la paix dans le tems, où ſa valeur victorieuſe ſembloit être ſur le point de
tout inonder, & de tout conquerir ! Ce Prince
ſous les auſpices duquel nous courions l'une
& l'autre mer librement , & avec avantage ,
dont les heureux vaiſſeaux portoient juſques ſur
les bords du Levant la raiſon, & la foy , & en
rapportoient des richeſſes convenables à nos
commodités, & à nos beſoins, & qui, pour l'em-
belliſſement de nos Villes, pour l'inſtruction
des particuliers, & la ſatisfaction du Public, ani-
moit les ſciences & les beaux arts par ſa protection , & ſes bienfaits : Ce Prince que ſa gloire ne rendit pas un Aſſuërus ſoupçonneux , hau-
tain, & farouche, qu'on ne pouvoit contempler,

*Eſther cap.
4. II.*

ou

ou aborder fans peril; mais que fa moderation rendoit acceffible, accueillant, civil, gracieux en paroles, qui nous ouvroit fi volontiers fes Palais, les trouvant plus ornés par la foule de fes peuples, que par la magnificence, qu'il n'y avoit répanduë de routes parts, qu'afin de faifir les étrangers d'étonnement & de refpect; & de leur apprendre à nous refpecter nous-mêmes, & à nous craindre: Ce Prince qui n'avoit pas moins d'attention à nous édifier, qu'à nous défendre, qui adorateur du Tres-haut en efprit & en verité, maintenoit & accréditoit le Chriftianifme par fes vertus, qui après avoir affligé les juftes par des fautes inexcufables même dans les Souverains, les a confolez par une regularité rare fous le diadême, & par une patience & une refignation fupérieure aux plus accablantes difgraces; réfignation & patience, qui dans les Rois pourroit fuppléer à la pénitence la plus fevere; Ce Prince qui avoit en abomination le libertinage & l'incredulité, qui aimoit la beauté de la maifon du Seigneur, qui protégeoit la Religion de nos peres, qui ne permit jamais à l'herefie, & à la nouveauté d'en altérer l'intégrité venerable, & qui, aux dépens même de fa puiffance & de fon repos, a donné à l'Eglife la joye de revoir en fa perfonne la pieté courageufe des Conftantins

Abomina-biles Regi qui agunt impié. Prov. c. 16. 12.

B

Pf. 88. 38.

Matth. c.
6. 28. &
29.

& des Theodofes. LOUIS LE GRAND qui brilla comme le foleil , & qui affuroit à nos lys , plus d'éclat que n'en eut Salomon dans toute fa pompe, eft donc maintenant dans les ténébres du cercueïl ! La dure loy du trépas n'a donc point épargné une tête fi précieufe ! Ces hommes fameux, que fa réputation avoit attirez des brulantes contrées de l'Afie , pour lui payer un tribut d'admiration , reporteront donc avec eux l'étrange nouvelle de fa mort ! On s'en affligera , Meffieurs , n'en doutons pas , comme s'en affligent les veritables François : du moins, on y fera fenfible par tout où il y aura de la raifon , du goût pour la vertu, & du fentiment pour la gloire.

O vous qui , depuis fi long-tems , épuifez nos larmes , & qui nous en avez laiffé à peine pour pleurer une perte fi digne de nos pleurs : vous qui par vôtre ingénieufe application à multiplier nos miferes, avez devoré la France : vous , qui abufant de vôtre autorité , ou des malheurs de l'état , & vous engraiffans du couroux de l'éternel , attaché à nous punir, n'avez rien oublié pour appefantir nôtre joug, & à qui LOUIS auroit droit de reprocher , à prefent qu'il voit tout dans la lumiere du Seigneur,

Turbafis
me & odio-
fum tecifris ce que Jacob reprochoit à quelqu'uns de fes enfans , qui fur la fin de fes jours , l'avoient fur-

pris, & avoient risqué de le faire passer pour inhumain, & sans foy : Que vous avez trahi ses intentions, que vous avez travaillé à nous ravir les douceurs de son regne, & à nous rendre odieux s'il eût été possible, le plus humain, & le plus chéri de tous les Maîtres ; Citoyens durs & infideles, qui l'avez, ou peu s'en faut, déguisé à nos yeux, brillez-vous encore ? Et le scandale de vôtre pernicieuse prosperité ne fera-t-il point le même tort aux Orateurs destinés à honorer sa memoire, qu'il en a fait à son gouvernement, & ne diminuëra-t-il point aujourd'hui le prix de nos éloges ?

A quoi bon cette reflexion, Messieurs ? Je parle dans une Province, plus connuë par son amour inviolable pour nos Rois, que par son étenduë & ses richesses ; qui sçait que les Souverains moins guidez par leur inclination, que par les évenemens, ne ressemblent pas toûjours à leurs Edits, & qu'il leur faudroit les yeux même de la divinité, pour voir exactement, & au vrai, ce qui se passe dans les régions inférieures de l'Etat, Province, à qui rien n'a pû cacher le cœur paternel de LOUIS, & qui, au travers de tout ce que la rigueur de la guerre & des saisons, a pû lui arracher de fâcheux à reconnu que c'étoit, moins lui, qui nous frappoit que le bras du Tout-puissant ; Provin-

habitatori-bus terræ hujus.

Gen. c. 34. v. 30.

ce qui s'affermit de plus en plus dans son zele, & son affection pour le Trône, par les soins, & les instructions d'un Prélat appliqué à tous ses devoirs, par la sagesse de ses Magistrats dont l'on respecte les lumieres, & dont on aime les jugemens, par la fidelité de sa noblesse, toûjours utile par ses services, & distinguée par son courage. Ainsi, Messieurs, c'est avec confiance que j'éleve ma voix, pour loüer le Monarque, dont nous sollicitons devant Dieu l'éternel repos, & que je viens vous montrer qu'en le perdant, nous avons perdu un Roy, & un tres-grand Roy, puisqu'il faisoit redouter la nation à ses ennemis, & triompher la Religion parmi ses Sujets. Ces deux idées seront le fondement des loüanges que je consacre à la memoire immortelle de TRES-HAUT, TRES-PUISSANT, TRES-EXCELLENT ET TRES-MAGNANIME PRINCE LOUIS XIV. ROY DE FRANCE ET DE NAVARRE : *Princeps & maximus cecidit in Israël.*

Premiere Partie.   Il ne manquoit à la France, paisible & victorieuse sous LOUIS LE JUSTE, que de voir fleurir à l'ombre du Trône, quelques rejettons, qui pussent perpétuer le bonheur de ses peuples, & l'éclat de ses lys. Combien de vœux, pouſſés aux pieds des Autels, pour obtenir cette benediction, de laquelle dépendoit la tranquilité commune ! Enfin , aprés vingt-trois années d'eſperance & de douleur, ANNE D'AUTRICHE conſola les François & le Roy ſon époux : deux Princes , heureux gages d'une ſainte union, & plus encore , précieux fruits de l'ardente pieté qui les mérita , mirent ſucceſſivement le comble à la felicité de ce Royaume : tous deux étoient dignes de nous commander ; mais il étoit decidé que ce ſeroit à LOUIS, que nous obéïrions : l'ordre du ciel s'expliquoit en ſa faveur.

Il nâquit pour ainſi dire, dans le ſein de la victoire : les Forts d'Iſraël chargérent de lauriers ſon berceau ; nos Braves n'apprirent ſa naiſſance, qu'avec l'empreſſement de lui conſacrer leur vie, & n'en inſtruiſirent les Etrangers , qu'en les ſoumettant à ſes Lois ; laiſſez le croître cet Enfant, Guerriers illuſtres : pour lui , vôtre valeur eſt devenuë feconde en exploits ; ſous lui, elle ſera feconde en prodiges.

Je ne m'arrêterai point, Meſſieurs, à la minorité du jeune Roy ; ce fut une ſaiſon de ténébres & d'orage, où les plus fideles Sujets ceſſérent de l'être, ſous le prétexte de lui prouver leur fidelité : comme il étoit né par miracle , &

Les Conquêtes du Catelet repris le 14. Septembre 1638. De Briſſac 17. Decembre 1638. De Hédin le 8. Juin 1639. Les ennemis obligés de lever le Siege de Cazal, 22. Juillet 1640.

Leur dé-
faite au-
prés de Ca-
di., dans le
même tems
Arras pris
10. Aouſt.
1640.

qu'il devoit, au ſortir de l'enfance, effacer nos
plus grands Heros, il y eut entre eux, mais
helas! aux dépens de leur devoir, des mouve-
mens & des efforts divers à qui profiteroit de
ſon inaction, & du loiſir de la renommée,
pour ſe ſignaler; animez, ce ſemble, par une
eſpece de preſſentiment, qu'un jour viendroit,
où elle ſuffiroit à peine à publier le ſeul
LOUIS. Je parle mal, Meſſieurs, je les juſ-
tifierois, & il faut les blâmer; ils ont eu le
courage de ſe blâmer eux-memes: & ils ſont
blâmables en effet, pour avoir voulu tromper
la victoire, & la mettre du parti, à la tête duquel n'étoit pas l'oingt du Seigneur, à qui elle
devoit deſormais hommage & obéïſſance.

C'eſt trop nous égarer dans ces tems de diſſen-
ſion & de trouble: Quittons-les, pour conſi-
derer LOUIS dans cet âge, où une raiſon
avancée lui tenant lieu d'experience, il ſaiſit
d'une main ſûre & ferme, les rênes du Gouvernement. Ce fut alors, qu'en état de ſe paſſer de Miniſtres, & n'ayant de la jeuneſſe,
que cet éclat & ces graces, qui ne l'ont pas
même abandonné dans le déclin de ſes jours,
il fit voir que ſon ame lui fut donnée de Dieu
toute prête à regner, & qu'il étoit envoyé,
comme le furent aux Iſraëlites, Joſué & Gedeon pour élever la France au deſſus de tous

les Empires , & la rendre redoutable aux ennemis de fa fortune & de fon repos.

C'eft-là, Meſſieurs, la gloire , ou la prudence d'un Roy: il lui convient de faire aimer
fa perſonne; mais il lui eſt important de faire
craindre fa nation : elle n'eſt floriſſante, elle
n'eſt tranquille, qu'autant que ſes voiſins n'o-
ſent la troubler , ou ne la troublent pas impunément : le glaive , que les Monarques ne
portent pas en vain, eſt la fureté des peuples : *Rom. 13. v. 4.*
s'il n'eſt pas fait pour attaquer, parce que nous
ſervons un Dieu , dont toutes les voyes ſont
miſericorde & juſtice ; il doit du moins bril-
ler, pour jetter au dehors l'épouvante; ce n'eſt *Pſal. 24. v. 10.*
qu'à ce prix que les Etats ſe conſervent , proſ-
pérent , & tiennent en reſpect les paſſions avi-
des, tumultueuſes & toûjours diſpoſées à franchir les bornes , qu'il a plû à l'Eternel domi-
nateur de preſcrire aux Souverains : de là vient
que Salomon met au nombre des principaux
fruits de la ſageſſe , de faire redouter le Prince
qui la poſſéde, aux puiſſances même, que la ja-
louſie , & l'ambition rendent les plus terribles. *Sap. 3. 15.*
Timebunt me Reges horrendi.

LOUIS , Meſſieurs, n'a-t-il pas eu tout ce
qu'il falloit pour reprimer ou pour abattre ceux
qui auroient voulu rompre le cours de nos
glorieuſes deſtinées ? Les qualités qui font le

grand Roy , un courage magnanime dans les combats , une conduite fage dans les entrepri-fes & fûre du fuccès , le zele & l'affection inviolable de fes peuples : pouvoit-il , avec tous les talens & toutes les faveurs de la royau-té , ne pas rendre fon Royaume l'admiration , & dans le befoin, la terreur de tous les au-tres ?

D'abord formez-vous l'image de ce grand Prince : rappellez-vous cet air noble & Royal, qui dans une condition vulgaire, & au dé-faut de la Couronne, lui eut attiré nos hom-mages, & nous l'eut fait defirer pour Maître : ce vifage , d'aprés lequel on eut peint avan-tageufement la nobleffe même & la valeur : ce front majeftueux, ou l'on eut dit que Dieu avoit raffemblé les divers rayons de fa puif-fance, qu'il a coûtume de partager entre les Souverains : cette phifionomie belliqueufe , & digne du commandement abfolu : ce re-gard, qui jettoit plus d'éclat que le diadême, & qu'aucun mortel n'avoit le pouvoir de foû-tenir ; ce corps , en apparence capable de dé-fier les infirmités , & dont la vigueur fem-bloit promettre de faire voir à l'Europe un Regne de plus d'un fiecle, comme l'avoit d'éja vû l'Afie , dans le fondateur d'un de fes plus celebres Empires.

Fo-hi pre-mier Em-pereur de la Chine , regna 115. ans.

Tel

Tel étoit, Messieurs, le Monarque à qui nous rendons les derniers devoirs : quelles impressions sa presence ne faisoit-elle pas sur vos cœurs, quand la curiosité, la reconnoissance, ou les affaires vous conduisoient à la Cour ! pouvoit-on le voir, sans le craindre & sans l'aimer ? mais ce n'est point de ces éblouïssans dehors, que doit se tirer la solide grandeur ; la bonne grace, la force du temperamment, la dignité du maintien, sont des presens équivoques de la nature, qui ne sont pas toûjours accompagnés des veritables : Saül surpassoit en hauteur tous les enfans d'Israël, & ne put égaler en mérite, le plus petit d'entr'eux choisi pour lui succeder, c'est l'ame, c'est le cœur qui remplit un Trône, & qui fait la distinction & la gloire du Monarque.

Sur ce principe, Messieurs, que devons-nous penser de L O U I S : vous le sçavez. Que de pas ne faut-il pas faire dans l'antiquité la plus reculée ! Que de Regnes & de Rois ne faut-il pas rapprocher de nos yeux, pour trouver réünies, comme elles étoient dans lui, toutes les perfections, qui peuvent mériter à un Prince le nom de GRAND. Me soupçonnerez-vous de flatterie & d'exageration, quand je dirai, qu'elles lui furent données dans leur plenitude ? Un génie du premier ordre, dont

Le surnom de Grand lui fut donné au commencement de l'année 1680.

C

la superiorité lui a tenu lieu d'études & d'inf-
tructions , & que l'artificieuse souplesse du
courtisan auroit tenté inutilement de sur-
prendre ; penetrant, pour creuser les difficul-
tés , judicieux, pour embrasser un parti ; ferme , pour soûtenir le poids des obstacles ; des
connoissances sûres pour discerner les esprits ,
pour démêler les caractéres , pour mettre chacun en sa place , & pour distribuer les dignités & les emplois, à l'avantage de la Monarchie & des particuliers ; un ascendant de lumieres dans les conseils , qui rendoit la rai-
son des autres tributaire de la sienne , & qui
leur montroit toûjours le meilleur , aprés qu'ils
avoient exposé le bon ; un cœur solide aussi
grand que la Royauté , à l'épreuve des revo-
lutions & assez héroïque, pour le faire admirer & craindre jusques dans les malheurs ; un
ardent, mais raisonnable amour pour la gloire, qui aprés lui avoir inspiré de prendre les
armes , quand la justice l'exigea , lui défendoit
de ceder à sa prosperité , d'écouter sa puissan-
ce , l'arrêtoit au milieu de ses Conquêtes, &
lui apprenoit , jusqu'où il étoit nécessaire &
legitime de vaincre ; à ce portrait , qui ne re-
connoit pas LOUIS LE GRAND : &
qui peut douter qu'un Roy , qui renferme en
lui des dons si précieux , ne soit donné pour

fervir de bouclier à fon peuple , & pour le
rendre redoutable à fes adverfaires.

Mais en vain , un Monarque poffederoit-
il ces excellentes qualités , s'il n'avoit celles ,
qui compofent le Héros pour faire tête à
l'audace , ou à l'injuftice , & pour diffiper
les nations, qui veulent la guerre ; c'eft donc
ici l'endroit, de vous parler de fon courage &
des marques éclatantes qu'il en a données ,
fouvent contre fon gré, à toute l'Europe & au
monde entier........ Eft-ce à Cyrus ? Eft-ce à
LOUIS LE GRAND que s'adreffe, cet-
te promeffe fameufe du plus fublime des Prophetes ? Ecoûtez , Meffieurs ; vous deciderez
vous-mêmes de l'application : Je te conduirai "Ifa. 45.
par la main , dit le Seigneur : à ton afpeЄt, "3.
les peuples conjurez , & refpirans le carnage "
fe foumettront , & abbatus à tes pieds , im-"
ploreront ta clemence ; les Souverains & leurs "
nombreufes Cohortes fuïront devant ta face , "
ou tomberont fous tes coups ; les portes des "
Villes , ou des Fortereffes s'ouvriront au bruit "
de ton arrivée : Je te fuivrai, je t'accompagne-"
rai par tout, tu me ferviras à humilier les fu-"
perbes de la terre ; & fi quelque chofe te ré-"
fifte , je mettrai en poudre l'airain , & le fer "
pour t'affurer un libre & glorieux paffage. En-"
core une fois , ces lumineufes expreffions d'I-

faïe ne peignent-elles pas au naturel LOUIS
LE GRAND, à la tête de ses armées, pré-
cédé de la terreur & de la mort, suivi de la
victoire, dévoüée à ses entreprises, subjuguant
des Provinces en moins de tems, qu'il n'en
faudroit pour en parcourir l'Histoire, prenant
des Villes, quelquefois sans effort, & pour
ainsi dire, en se promenant, comme le céle-
bre destructeur de Jérico, ne trouvant d'autre obstacle à sa valeur, que sa haute réputation, qui lui a souvent dérobé l'honneur de la
resistance & du combat. Assemblez-vous donc,
Ennemis de la France; donnez-vous le signal;
donnez-vous la main; appellez, de divers climats, les Guerriers les plus feroces; souflez-leur
vôtre jalousie, & vôtre haine; compagnons de
vôtre temerité, ils le seront de vôtre défaite,
& de vôtre honte : tenez Conseil, noüez des
alliances, grossissez vos ligues, mendiez de Cour
en Cour du courage & du renfort; entraî-
nez sous vos drapeaux les Républiques & les
Potentats; jurez de ne laisser reposer vôtre
glaive, que lorsqu'il sera roüillé, à force de
verser du sang; rassasiez-vous, en idée du ravage de nos Campagnes & de la ruine de nos
Citoyens; partagés entre vous, nos contrées &
nos richesses : le Dieu des batailles, qui nous
guide & qui nous soutient, s'offensera de vos

projets, les rendra vains, & funeftes à l'orgueil qui les a formez.

N'eft-ce pas là, Meffieurs, à la lettre ce que vous avez vû ? La Lorraine emportée en un jour; la Franche-Comté foûmife en une femaine, dans les rigueurs de l'hyver ; la Hollande conquife en un mois; quinze Places de la Flandres, que l'art & la nature avoient fortifiées, tributaires des lys, dans l'efpace d'une feule faifon. Ne font-ce pas des faits, qui ont eu tout l'Univers pour témoin, & pour admirateur : hé ce ne font point ici des exploits de caprice, qui ne doivent leur origine, qu'à une ambition hardie, puiffante & heureufe. LOUIS n'étoit pas de ces Conquerans inquiets & inhumains, qui, fans autre raifon que l'ennui, ou une folle ardeur de gloire, inondent, le fer & la flamme à la main, de tranquilles Etats, dont le feul crime eft d'aimer la paix. Vous fçavez, Meffieurs, que malgré l'inclination qu'il avoit naturellement pour la guerre, il ne s'y eft jamais engagé par lui-même, que lorfqu'il a crû ne pouvoir, ou ne devoir pas s'en défendre ; vous fçavez que plufieurs fois, il a fait marcher les remontrances, avant que de faire marcher fes troupes ; vous fçavez que des Princes s'obftinans fans ceffe à troubler leur repos, avoient, pour

1670.
14. Février
1668.
1672.
1667.

ainſi dire, réſolu d'accroître malgré lui, ſa réputation & ſa puiſſance, en lui préparant des triomphes, auſquels il ne penſoit pas, & auſquels la flatterie l'auroit fait inutilement penſer. Quoi de plus équitable, par exemple, que les expeditions militaires dont je viens de vous décrire le ſuccès? Si le Roy tombe tout à coup ſur le Lorraine, comme l'aigle ſur une proye, c'eſt qu'il eſt temps de réprimer l'humeur inquiette du Souverain, qui cherchoit à reveiller la haine, & les ſoupçons de nos ennemis; ennemi, lui-même, le plus conſtant, & le plus declaré de ſes propres avantages. Si la Franche-Comté eſt enlevée en peu de jours; qu'on en accuſe la triple alliance, concluë entre la Hollande, la Suede & l'Angleterre, dont l'Eſpagne étoit le lien, comme elle en avoit été le Conſeil. Si aprés avoir été genereuſement renduë, la France s'en empare une ſeconde fois, & pour toûjours; c'eſt pour vanger la paix, outragée par le chef de la Ligue, dans la perſonne d'un Prince qui étoit venu de bonne foy, & avec caractére pour la negocier; & pour nous dédommager des frais d'une guerre, prolongée par une maligne, & cruelle obſtination. Si la Hollande éprouve à ſon tour le poids de nos triomphantes deſtinées, juſqu'à être reduite à ſe faire un rampart de l'Ocean, c'eſt

Jerem. 48. 40.

Charles IV. d'ailleurs Prince genereux & grand Capitaine.

Concluë le 23. Janvier 1668.

Guillaume de Furſtemberg, depuis Cardinal & alors Miniſtre & Plenipotentiaire de S. A. E. l'Arch. de Cologne, & mené priſonnier à Vienne le 14. Février 1674.

que mettant en oubli, ce qu'elle doit à LOUIS LE GRAND, & ce qu'elle en a reçû de protection, elle eſt prête de faire éclôre envers ſon bienfaiteur, l'ingratitude, & la perfidie. Si la Flandre inveſtie devient le theatre ſanglant de nôtre valeur: pourquoi a-t-on irrité la victoire jalouſe de nos interêts, en nous diſputant les droits inconteſtables de la Reine ſur la plûpart des Provinces des Pays-Bas ? Or, Meſſieurs, un Roy, pour qui combattre, & vaincre, n'eſt qu'une même choſe, & à qui rien ne reſiſte, ne met-il pas ſon peuple en pleine aſſurance, & ne le rend-t-il pas redoutable à la témerité ou à l'envie?

Le Roy venoit alors de la défendre contre l'Evêque de Munſter & contre les forces d'Angleterre.

Non, Meſſieurs, la bonté du Roy, enhardiſſoit ceux, dont ſes qualités & ſes exploits heroïques auroient dû deſormais enchaîner la préſomptueuſe audace ; ils étoient perſuadés, & l'experience leur en étoit caution, qu'il n'aſpiroit à être victorieux, que pour ſe montrer pacifique avec plus d'éclat : que content de ſon Empire, il ne mettoit le pied ſur celui des autres, que pour les amener à l'équité, & à la raiſon ; que ſi ſes Conquêtes étoient un ornement pour ſon Hiſtoire, il les regardoit quoi que juſtes, comme un fardeau pour ſa conſcience ; & que pour rendre aux peuples fatigués un durable repos, unique & continuel objet de ſes deſirs, le ſacrifice qui lui peſoit le moins, étoit celui de ſa gloire.

Nous l'avons remarqué avec chagrin, & preſque avec murmure, en pluſieurs rencontres, Meſſieurs ! le Traité des Pyrenées n'en eſt-il pas une preuve ? Et combien d'autres ſemblables n'en avons nous pas depuis ! L'Eſpagne alors étoit ſur le penchant de ſa ruine : ſix batailles rangées, où elle avoit perdu la réputation de ſes plus rénommés Capitaines ; trois combats ſur mer, qui n'avoient pas été plus heureux ; plus de cinquante Places, qu'on avoit ſéparées de ſa domination, & qui alloient entraîner tout le reſte : encore une Campagne, diſoient également les Politiques & les Gueriers, & c'eſt fait pour jamais de cette ancienne Rivalle de la Monarchie Françoiſe. Ils ne ſeront point écoûtés, Meſſieurs, LOUIS ſçait profiter de ſes armes, mais il n'en ſçait point abuſer, la victoire ne lui fait point la loy, c'eſt lui qui la fait à la victoire. Il s'arrête ; il offre la paix ; il l'a demande, le laurier ſur la tête ; ſa modération nous frappa & nous nous en conſolâmes pour cette fois : elle eut pour fruit, non ſeulement une paix glorieuſe, mais une Princeſſe, auſſi aimable que la paix, & plus précieuſe, que toute la fortune des Héros. Mais en combien d'occaſions, avons nous

Marie Thereſe d'Autriche Infante d'Eſpagne, 1660.

nous été fur le point de nous affliger de la modération du Roy ! Dans le plus rapide cours
de fes Conquêtes, n'étoit-il pas toûjours dif-
posé à la négociation, & les articles du Traité de Nimegue, tous fi judicieux, & fi favo-
rables aux differens partis, ne les avoit-il pas
tracés de fa main triomphante, comme s'il eût
craint d'être forcé de conquerir toute l'Europe? Combien de Villes prifes, noble & pe-
nible falaire du fang de nos foldats, ont été
renduës par un trait de fon équité magnanime ! Combien de Provinces ajoûtées aux nôtres, & qui pouvoient en être les folides barrieres, ont été renvoyées à leur fort naturel,
par le feul zele de la tranquilité commune !
Quel Traité avons nous conclu, pendant plus
de trente années, fans être fuperieurs, & en
état de faire le deftin univerfel, & quel Traité avons nous conclu, où L O U I S L E
G R A N D n'ait relâché par nobleffe, & par
un efprit d'humanité & de droiture, ce qu'il
avoit gagné par les voyes de l'épée, & aux dépens même de fa vie, qu'il avoit expofée aux
plus affreux périls, parce que dans la guerre,
il n'en connoiffoit point ! Il lui fuffifoit d'avoir
mis fon Royaume à couvert de la violence,
& nos voifins dans la neceffité de nous craindre, & de refpecter nôtre bonheur.

M. le Mar-
quis Dar-
quiem fut
tué aux cô-
tés du Roy
le 4. Juin
1662.
S. M. cou-
rut le mê-
me danger
au Siege de
Valencien-
nes en
1677.
M. le
Comte de
Touloufe
bleffé au-
prés du
Roy au
Siege de
Namur en
Juin 1692.

D

Mais auſſi, Meſſieurs, ſi la maxime du Roy
étoit de faire grace à ſes ennemis, quand il les
avoit domptés, ou quand ils avoient dépoſé
leur fureur; il ſçavoit les humilier, quand rebelles à ſes bontés, ils oſoient ſe montrer in-
ſolens, & orgueilleux;ces Afriquains impitoya-
bles, que l'Ocean ne voit qu'avec horreur, &
qui en font le théatre de leur brigandage, & de

23. Juillet
1681.
leur ferocité, s'en ſouviendront: Tripoly, leur
Capitale, miſe en flammes par le tonnerre
François, leur reprochera éternellement ſes ir-
reparables débris, la Ville d'Alger, ſi l'on
peut appeller du nom de Ville, un territoire
plus funeſte que les forêts, & qui vomit in-
ceſſamment ſur les mers des pirates barbares,

30. Aouſt
1682.
Alger frappée trois fois de nôtre foudre, &
reduite à ceder, ſans rançon, ſix cens eſclaves
Chrétiens, ne ſera pas moins connuë dans la
poſterité, par les effets de la religieuſe colere de LOUIS, que par l'inhumanité de ſes
Habitans & de leur haine pour le Chriſtianiſ-
me. Gennes ſuperbe, livrée au même châti-

18. May
1684.
ment, & menacée d'un pareil ravage, eſt con-
trainte d'ébranler le Doge de la République,
& d'abaiſſer enfin, pour la premiere fois, cette tête ſi haute & ſi précieuſé à ſon gré: on le
voit aux pieds du Roy, accompagné de qua-

1685.
tre Senateurs, témoins & garands de ſa ſoû-

miffion, implorant la clemence de celui, dont on avoit projetté de brûler les vaiffaux , & dont on avoit méprifé la puiffance. Et toi é-tonnante Pyramide, élevée dans Rome même, par le couroux de LOUIS, infulté dans la perfonne de fon Ambaffadeur , & renverfée peu aprés par la pieté de ce fils aîné de l'E-glife, tu fubfifteras doublement dans la mé-moire des fiecles futurs , pour apprendre à toutes les nations, qu'en matiere d'outrage, il en eft des Rois, qui font les images de Dieu, comme de Dieu même, & qu'il n'eft pas donné de les braver impunément. Etois-je fondé, Meffieurs, quand j'ai dit que ce Mo-narque étoit établi fur la France, pour la ren-dre fuperieure à fes Rivaux, & formidable à fes adverfaires?

Difpenfez-moi de pouffer plus loin le dé-tail, prefqu'infini, de fes courfes, & de fes travaux militaires, qui, tout équitables qu'ils ont pû être dans leurs motifs, ont eu cepen-dant des fuittes fi lamentables, (nous le fen-tons trop, pour ne pas l'avoüer) & qui, en affermiffant la gloire de la nation, en ont pref-que enlevé les plus cheres douceurs. Miniftre que je fuis du Pere des mifericordes & de JE-SUS-CHRIST, l'agneau par excellence, ma langue n'eft point deftinée à de femblables

3. Juillet 1664.
3. Aouft 1667. à la priere de Clement IX.

D ij

récits, & quand il s'agit de repréſenter l'indi-
gnation, la deſtruction & la mort, je pourrois
dire, avec plus de fondement que le Prophe-
te: Je ne ſçais point parler: ou ſi je parle, ce
n'eſt qu'avec douleur. C'eſt à l'Hiſtoire, &
non à moi, Meſſieurs, à vous retracer exactement les prodiges de force & de valleur, qui
ont rendu LOUIS le modele, & en quelque
maniere, le deſeſpoir des Heros. Vous l'y verrez, ſi elle peut tout recueillir, executer faci-
lement, & avec avantage, ce que les anciens
Conquerans euſſent laiſſé comme impoſſible,
& redouté comme un écueil; affronter & aſ-
ſervir à ſes projets, le Rhin indocile, & furieux, le forcer d'applanir ſes Ondes rebelles,
& de porter fidellement ſes nombreux Eſca-
drons, en faire pour eux un paſſage & une
campagne, les y ſoûtenir & les échauffer de
ſes regards, le franchir en victorieux à la vûë
d'une armée, tonnante d'abord ſur le rivage,
palliſſante enſuite d'admiration & de frayeur,
& obligée de fuir enfin aux approches du François. Vous y apprendrez comment, & avec
quelle promptitude, il ſoûmit à ſes armes les
Villes fameuſes de Maeſtric, de Valencien-
nes, de Gand, de Cambray, de Mons & de
Namur, où l'on vit plier ſous la preſence & la
fortune de ce Prince les courages les plus obſ-

Jerem. 1.
c

tinés: Sieges à jamais memorables, & mille fois plus glorieux, que les Sieges tant vantés de Tyr & de Sagonte, qui furent en effet Quint. C. livr. 4. éternels, & qui firent aussi long-tems l'occupation des Vainqueurs, que l'entretien des vaincus. Faut-il s'étonner aprés cela, Messieurs, que l'Espagne, si pleine de ses droits Le 24. Mars 1662. & de sa gloire, ait consenti par une solemnelle Ambassade, de ceder pour toûjours, la preséance aux Ministres de ce Royaume: si la celébre Christine s'arrache à ses sçavantes meditations, aprés s'être arrachée à ses Etats, pour venir comme une autre Reine de Saba, comparer LOUIS, avec ce que la renommée en 1655. publioit, convaincuë à son retour, que la renommée sujette à l'exageration, étoit pour lui modeste par impuissance; si le Roy Casi- 10. May 1667. mir, couronné dix-huit fois par la victoire, descend volontairement du Trône de Pologne, pour contempler la merveille du Trône François, faisant par là, comme un hommage de la Royauté à nôtre incomparable Monarque, & reconnoissant en quelque sorte, qu'il fal- L'Empereur des Turcs, le Czar, les Deputés de Guinée, les Ambassadeurs de Siam en 1670. en 1686. &c. loit être LOUIS LE GRAND, pour oser être Roy. Si les Potentats de l'Orient les plus reculés & les plus déclarés contre les Puissances Chrétiennes, députent à l'envie pour sollici- ter sa bienveillance & pour admirer ses vertus.

Arrêtons , Meffieurs , j'ai befoin ici de vos reflexions; qu'avions nous fait , pour mériter un Roy fi accompli, fi glorieux ? Et combien en comptons-nous de ce caractere dans nos Annales? Aurions-nous regardé , d'un œil ordinaire , un prefent fi rare? ou fi nôtre vanité en fut flattée , nôtre reconnoiffance en fut-elle plus vive pour le Ciel , de qui nous l'avions reçû? parce que , durant cinquante années, ce Prince ne nous a coûté que des admirations & des Cantiques d'allegreffe , devrions-nous lui reprocher les Tributs plus onereux, que depuis, il a été contraint d'exiger , pour maintenir l'ouvrage de fa grandeur & de la nôtre? Ouvrage d'où dépendoit la Religion & le repos de la France ; ouvrage que nos pechez toûjours croiffans affoibliffoient de jour en jour , & menaçoient d'une ruine entiere; Ah ! quoi qu'il nous en coûte , ne regrettons que nôtre Roy. La Nation ne peut que s'honorer elle-même , en le regrettant ; avec quelle ardeur les premiers Romains , ces hommes qui mefuroient leur félicité fur la gloire de leurs Maîtres , ne diroient-ils pas , qu'on nous donne des Empereurs , tels que LOUIS LE GRAND , & nôtre obéïffance, feconde en hommages , égalera nôtre bonheur ?

Je fais injure à ma patrie , Meffieurs , en

doutant de fa foûmiſſion & de fon amour ; ſi jamais Roy, ne fut plus digne de gouverner cet Empire ; jamais Roy ne reçût plus de témoignages d'affection, & de reſpect que LOUIS XIV : c'eſt dans ces loüables & genereuſes diſpoſitions de ſa Famille, & de ſes Sujets, qu'il a trouvé de quoi rendre la nation ſi fameuſe, & ſi redoutable. En vain un Monarque aſſemble de nombreuſes armées ; en vain ſe raſſureroit-il ſur ſes Frontieres, hériſſées de Baſtions & de Fortereſſes ; l'Ocean même & ſes flots impetueux ſont de foibles barrieres pour le maintenir, & pour le défendre, s'il n'eſt pas aimé, obéï ; ſa plus ſolide fortereſſe, ſes plus ſurs ramparts, ſont les cœurs de ſon peuple. Voila principalement, ce qui a procuré au Roy toutes les merveilles de ſon Regne, & ce qui lui aſſura une éclatante & continuelle ſuperiorité ſur nos ennemis : l'Ecriture nous apprend, que les Iſraëlites conſpiroient, avec tant de zele à ſeconder les entrepriſes de Saül, que lors qu'il les appelloit à ſa ſuite, pour le combat, ils s'uniſſoient en foule, & ne faiſoient par leur union qu'un ſeul homme, quoi qu'ils fuſſent en nombre trois cens mille combattans. *Egreſſi ſunt quaſi vir unus fueruntque filiorum iſraël trecenta millia*, à qui cette loüange convient-elle mieux, qu'aux

1. Reg. 11.

François , & aux François commandez par LOUIS LE GRAND? Qu'avoient-ils de plus cher que sa gloire, & à quoi se dévoüoient-ils avec plus d'empreslement? N'a-t-on pas vû les soldats & les Officiers , se sacrifier avec joye à l'execution de ses grands desseins , briguer à ses yeux le péril , & en apparence , la mort même , se féliciter des plus malheureuses blessures , & trouver pour ainsi dire , des charmes dans le trepas , quand leur sang répandu pouvoit être une semence de lauriers , oublier les plus pressans besoins & quitter le pain , aprés trois jours de disette , pour courir aux armes , servir à leur dépens , quand les finances épuisées retardoient la solde , se payans eux-mêmes par l'honneur du service, & de la fidelité ? Quelle calamité plus réelle connoissions-nous , que l'altération d'une santé si précieuse ? Au premier bruit de ces deux maladies, qui menacérent de lui ouvrir le tombeau, dans le fort de son âge, & de sa gloire, qu'elles douleurs , quelles allarmes nous saisirent ! toute tête , parmi nous , étoit languissante ; tous les cœurs étoient tristes & abatus ; quelqu'attention qu'il eut , à recueillir tout son courage pour nous rassurer , tenant les Conseils, representant sur le Trône, donnant des ordres pour nôtre sureté , ou pour le commerce ; s'occupant

de

S. M. fut prise de mal à Calais le 1. Juillet 1658. pour avoir demeuré six jours au Fort de Mardik à visiter les soldats malades.

La seconde maladie le prit en 1686.

de nôtre répos, au milieu du mal cruel, qui faifoit craindre pour fa vie, il n'y eut que fa convalefcence, que dis-je, il n'y eut que fa guérifon parfaite qui nous raffura; quelles fêtes dans toutes les Villes, & dans toutes les Provinces pour la célebrer, & pour en remercier l'Eternel! tous les Autels, ces Autels aujourd'hui couverts de deüil, étincelans dans ces heureux jours, & chargés d'oblations, fumérent de l'encens de nos actions de graces... Comment n'euffions nous pas eu ce zele, & ces fentimens : Nous avions dans la Famille Royale, d'illuftres modeles, pour nous animer, & pour nous inftruire, fi les François avoient, fur cela, befoin d'être inftruits; fouvenez-vous, Meffieurs, de ces grands Princes, par qui la vengeance du Seigneur a commencé le facrifice qu'elle vient helas! de confommer : je ne crains pas, en vous les rappellant, de renouveller pour eux, en ce moment, vôtre douleur : de tant de morts, qui ont mérité nos larmes, celle du Monarque, eft la feule qui doive aujourd'hui en rouvrir la fource; ils ont aimé le Roy : c'eft par là, plus encore, que par l'amas brillant de leurs merveilleufes qualités, qu'ils nous fûrent venerables, mais avec quelle conftante, avec quelle refpectueufe tendreffe l'aimoient-ils, & quelles marques n'en

E

ont-ils pas données ! quand il l'a fallu (pour
se conformer aux volontés du Souverain,
qui sont quelquefois des mystéres, selon
la parole de l'Ecriture, qu'il seroit criminel
d'approfondir.) Porter en silence le poids du
loisir, c'est à dire quelque chose, qui est pour
le sang héroïque de Bourbon, plus pénible
que le travail, & plus affreux que le danger ;
voir sans murmure, les plus hautes faveurs
couler, & même descendre, où le demandoit
le bien, & la reconnoissance de l'état ; regler
dans la guerre leur boüillante valeur, & la
mesurer scrupuleusement sur ses ordres ; être
insensibles, être rebelles à l'occasion de se dis-
tinguer, quand il n'étoit pas commandé de la
suivre, & se passer de la gloire, par obéïssance ; mettre leur grandeur, à se mêler parmi ses courtisans, & se consoler de ne pas vaincre, par le plaisir de révérer le Roy, & de lui
prouver leur attachement & leur respect ; c'est
ainsi qu'un Monarque doit être chéri, & c'est
ainsi que LOUIS, l'a été, & que réünissant
sous le joug avantageux d'une autorité unique
& absoluë, les grands, & les petits, seul
GRAND, seul Maître, dans son Royaume,
toûjours reveré, toûjours glorieux, il a réüssi
à renverser les desseins de nos Ennemis, & à
leur rendre la nation redoutable.

A ce mot de redoutable, Dieu de paix, & de confolation, je ne fçai quoi m'arrête, toutes les fois que je le prononce : j'ai peine à tenir ce langage, à la face de vôtre Sanctuaire, qui ne préfente aux Rois, & aux peuples d'autres armes, que le flambeau de la charité : il falloit, il eſt vrai, que nos voiſins nous craigniffent, parce que vous nous aimiez & que vous nous donniez de magnifiques, & fréquens témoignages de vôtre amour. Ce n'étoit qu'à l'abri de cette précaution, rigoureufe, fi l'on veut, mais importante, & falutaire, qu'Iſraël pouvoit goûter les douceurs de vos bienfaits : fans cela, ces bienfaits fans prix, euffent été pour la France, des malheurs fans fin, en multipliant fes jaloux, & en irritant leur cupidité feditieufe..... Hé, fi nous n'avons pas laiffé d'effuyer les affauts de l'injuftice & de l'ingratitude, aprés de fignalées victoires, qui devoient étonner, & flechir les plus orgueilleufes têtes, & reduire devant nous, la terre entiére au filence, que n'aurions-nous pas effuyé, que n'aurions-nous pas fouffert, fi l'épée Françoife, fans mouvement, & fans éclat, eût repofé dans une timide & obfcure indolence ? Oüi, Meffieurs, je le dis, en gémiffant ; tel eſt l'injuftice, & la perverfité humaine ; il eſt néceffaire qu'il y ait des guerres, dans le même fens,

E ij

qu'il eſt néceſſaire qu'il y ait des ſcandales: le
glaive de Gedeon, n'eſt rien de moins, que le
glaive du Seigneur; les Conquerans, ne ſont
que les inſtrumens de la juſtice celeſte, qui ſe
ſert de la fureur des uns, & de la force des
autres, pour punir les pechez des peuples; mais
s'il eſt néceſſaire qu'il y ait des guerres, pour
vanger, affermir, défendre les Etats; c'eſt une
néceſſité, qui doit être dure, & douloureuſe
à un Prince, s'il eſt ſage, & s'il reconnoît J. C.
pour ſon Maître, & l'Evangile pour la Loy
de ſalut. Auſſi LOUIS, en mourant, a-t-il
été allarmé de ſes triomphes, prêt à deſavoüer
quelques-uns des prodiges de ſon courage,
dans la crainte que de toutes ſes entrepriſes militaires; il n'y en eut, ſans qu'il eut pû s'en ap-
percevoir, que la prudence eut moins ſugge-
ré, que la flaterie, & qui euſſent plûtôt l'ambition, que l'équité pour fondement..... Ache-
vons, Meſſieurs, & aprés avoir vû que le Roy
a fait redouter la nation à ſes Ennemis; voyons
comment il a fait triompher la Religion parmi
ſes Sujets. C'eſt la matiére de la ſeconde partie de cet Eloge, & une nouvelle raiſon de
nous écrier encore plus, en répetant les paroles de mon texte, un Roy, mais un tres-grand
Roy eſt mort en Iſraël. *Princeps & maximus
cecidit in Iſraël.*

Sapiens dolebit juſtorum neceſſitatem ſibi extitiſſe bellorum. *Aug. de civ. Dei. lib.* 19. *ch.* 7.

Puifque le Seigneur contribuë à rendre ref-
pectable la Perfonne des Souverains , & s'in-
tereffe à leur affurer les cœurs des peuples , il
eft jufte, dit S. Auguftin, que les Souverains
s'apliquent à maintenir le fervice du Seigneur,
& à rendre fon culte aimable , & floriffant.
Que Jéroboam eft digne tout à la fois de com-
paffion, & d'horreur , quand infpiré par une
aveugle, & facrilége politique, il s'efforce de
diminuer l'Empire du Dieu des armées, pour
étendre, & pour affermir le fien ! Impie &
ambitieux Monarque, les Prophetes te l'ont
declaré, & l'oracle s'accomplira ; le lieu, où
tu raffembles de crédules adorateurs , fera dé-
truit, & fes ruines ferviront de cercueil à tes
Prêtres immolés ; la chûte de ton Trône fuiv-
vra de prés celle de l'Autel ; & pour avoir voulu , aux dépens de la Religion , accroître ta
puiffance, tu perdras la vie , la terre indignée
de tes abominations te refufera un tombeau ,
& ton nôm odieux à jamais, fervira de reproche, & d'injure aux fucceffeurs de ton impie-
té. Au contraire, Meffieurs, que Jofias mérite
l'admiration & le facré titre de Roy , quand
il ne fe fert de fon autorité, que pour en donner aux facrifices du Dieu vivant , quand jaloux de la foy de fes peres , aimant mieux ,

s'il le falloit, dé-peupler son Royaume, que
d'y prêter azile à l'erreur, il proscrit ses Ministres, & ses Partisans, quand il releve, avec
splendeur, les Temples du Tres-haut, sur le
débris de ces sanctuaires Schismatiques, où
Israël séduit avoit adoré, quand il se plaît à
entendre la parole sainte, & qu'il l'écoute avec
frayeur, & avec fruit, & que par son exemple, autant que par ses Lois, il engage sa
nation à jurer fidelité, hommage, soûmission
éternelle au Tout-puissant ! Que cette pieté
est édifiante, généreuse, loüable dans un Prince ! Il mourut : mais sa gloire ne mourut pas
avec lui ; Juda, & Jerusalem s'affligérent de
sa perte ; & s'il eut des Sujets assez injustes pour
s'en consoler trop tôt, le fidele Jérémie, ajoû-
te l'Ecriture, & tous ceux qui aimoient la
maison du Seigneur, y suppléerent par de cons-
tans regrets, & consignérent leur douleur à
la posterité, par des cantiques & des lamenta-
tions, que tous les siecles ont recueillis, & con-
sacrés. *Juda & Jerusalem luxerunt eum, Jere-
mias maximè......... Cujus lamentationes super
Josiam replicant.*

2. Paral.
35. v. 24.
25.

Il est impossible, Messieurs, que dans le portrait de Josias, vous n'ayez retrouvé LOUIS
LE GRAND, & son amour pour la Reli-
gion. Dire qu'il a fait tous ses efforts, pour la

rendre triomphante, ce n'eſt point une loüange flateuſe, ni hazardée : c'eſt une verité, dont les preuves ſont publiques ; mon devoir eſt de les retracer, & les voici : il a fait triompher la Religion ; parce qu'il la pratiquée ; parce qu'il a banni de ſes Etats, tout ce qui étoit capable de la troubler, & de l'affoiblir, parce qu'il a procuré à ceux qui en étoient les zélateurs, de puiſſans ſecours dans leurs diſgraces ; parce qu'il n'en a point relâché, ou interrompu les pratiques, dans les plus ſiniſtres événemens. O vous, à qui cette ſainte Religion eſt onéreuſe, ou indifferente, ſoyez attentifs, & par les ſentimens d'un ſi grand Monarque, apprenez à l'honorer, comme elle merite, d'être honorée.

Il ſuffit d'être homme, & d'avoir des paſſions, & de l'orgueil pour avoir peine à goûter une Religion, qui eſt céleſte dans ſon origine, & miraculeuſe dans ſon établiſſement ; mais humiliante dans ſes maximes, & génante par ſes lois. Avant de vous montrer que LOUIS, par la ſimplicité de ſa foy, & par la verité de ſes adorations, a contribué à nous en inſpirer l'eſtime, & pour parler plus juſte, à la fortifier parmi les François, naturellement pieux, j'avoüerai, Meſſieurs, & je ſerois prévaricateur, en le diſſimulant, qu'il

fut une faifon, où la Religion bleffée dans un
de fes préceptes les plus effentiels, à pû fe plaindre du Roy, que dans le temps, où il ani-
moit la valeur par des Victoires, il allarma la
vertu par des foibleffes, & qu'aprés avoir af-
fujetti les plus braves peuples du monde, il fe
laiffa vaincre par fon propre cœur, & par les
perils, qui environnent le Trône. Sage Reine,
fidelle Therefe, vous en gémîtes, plus jaloufe

Sancta fe-
mina, &
verè chrif-
tiana dolet
fornican-
tem virum;
dolet non
propter
carnem,
fed propter
caritatem.
D. Aug,
ferm. 19.
de decem
chordis,

en cela du falut, que des tendreffes de vôtre
époux, dont vôtre mérite pouvoit vous ré-
pondre. Vous ne mîtes en œuvre pour le rap-
peller, ni les éclats de la colére, ni les vivaci-
tés du reproche; colombe prudente, vous ne
connûtes, pour combattre fes égaremens, d'autres armes que vôtre innocence, & vos pleurs;
encore, né les répandiez-vous qu'aux yeux des
Anges, feuls confidens de vos foûpirs, & ce
fut là pour vous une croix, que vôtre modef-
tie fçût cacher à l'ombre de la croix de Jesus-
Christ.

Je laiffe, Meffieurs à cet art éblouïffant, &
prophane, qui a des couleurs pour adoucir les
fautes des grands hommes, de remarquer qu'un
David qui a recours à l'homicide, pour jouïr
plus fûrement des horreurs de fon peché, &
qu'un Salomon, qui, fous la cendre des che-
veux blancs, nourrit des feux criminels, & devient

vient idolâtre, dés le moment qu'il devient voluptueux, font moins excufables qu'un Prince, qui dans les ardeurs d'une jeuneffe impétueufe, applaudie, adorée, fuccombe, fans quitter fon Dieu, au plus dangereux des penchans : penchant que le pouvoir fuprême ne fait qu'allumer, & qui peut faire des coupables, ou des malheureux, jufques dans les deferts.

Pour moi, qui dois ignorer tout langage flateur, je vous confefferai fans adouciffement, & fans voile, que LOUIS me paroît plus blâmable, pour avoir imité David, & Salomon dans une partie de leurs égaremens, qu'il n'eft loüable pour les avoir égalez en courage, & en manificence..... En eft-ce affez, Meffieurs, (je parle à ceux qui prétendent qu'un Eloge funebre n'eft qu'un tiffu affecté de déguifemens, & de flatteries;) en eft-ce affez ? Et ne me tient-on pas quitte de mon miniftere ? mais auffi trahirois-je cette même verité, dont vous me voyez, à vôtre gré, Miniftre fcrupuleux, fi j'héfitois à prononcer, que fon retour fincére eft un témoignage dautant moins fufpect de fa pieté, que le vice dont les fatales douceurs l'avoient furpris, eft prefque tyranique pour ceux qui s'y font livrez, s'obftinant à les pourfuivre, à les flêtrir, à les enchaîner dans la vicilleffe même, & à defcendre avec eux dans le

F

Job. 20. v. 11.

tombeau. Je dois encore ajoûter qu'au milieu de la fragilité, & du dérèglement, le Roy n'estima que ceux, dont la conduite réguliére lui reprochoit la sienne, ne versa ses graces que sur la vertu, s'acquitta constamment, & avec respect, des pratiques extérieures de la Religion, & qu'il n'asservit point les Prédicateurs, inspirés de Dieu pour le reprendre, à

2. Reg. cap. 12. v. 2.

ses précautions, & à ces ménagemens, que Nathan se crut obligé d'emprunter à l'égard de David.

Passons à des preuves plus marquées de la pieté du Roy. Vous l'avez vû, Chrétiens qui m'écoutez, & ne vous semble-t-il pas le voir encore prosterné devant les Autels, attentif à la celebration des mystéres Saints, & redoutables, prenant tout l'interêt, qu'on doit prendre au sacrifice, oubliant alors qu'il étoit Roy, pour se souvenir qu'il étoit pécheur, & qu'il avoit un Maître; s'humiliant sans réserve, & avec joye devant l'arche du nouveau Testament, reprenant toutes fois, de tems en tems l'autorité de ses regards, & les promenant avec sollicitude, pour mettre ou pour tenir les indevôts dans le respect, & nous confirmant par ses exemples, qu'il n'y a que de la

Eccli. 23. 38.

gloire à suivre le Seigneur, à le servir, & à le craindre. Quelle exactitude! quelle attention!

quelle regularité à s'approcher des Sacremens, à ne prefenter à l'Eglife des Pafteurs, qu'aprés s'être uni à JESUS-CHRIST, qui en eft la lumiere, & le chef fuprême, à ne confier l'éducation de fes enfans, qu'à des hommes capables de former des Princes, & pour le tems, & pour l'éternité, à ne donner accès dans fa Cour & de fonctions auprés de fa perfonne, qu'à ceux qui font appellez les fideles de la terre, à celebrer les folemnités d'Ifraël, à nourir fon ame du pain celefte de la verité! hé! Comment écoutoit-il la parole de falut, quand nous étions chargez de la lui annoncer? Me feroit-il permis de me citer pour témoin, aprés l'avoir éprouvé plufieurs fois, & l'aufté-re cenfure ne m'en fera-t-elle point un crime? Il l'écoutoit, Meffieurs, de maniére à confoler les plus zelés Miniftres, & à encourager les plus imparfaits. Un Prince qui refpecte de la forte la Religion, ne la rend il pas venerable à fes Sujets, puifqu'il les autorife à la pratiquer fans crainte, & avec honneur.

Vous en ferez encore mieux convaincus, fi vous confiderez ce qu'il a fait pour abolir, & profcrire ce qui pouvoit en troubler la paix, & en diminuer la fplendeur. Ici vous penfez fans doute à la révocation de ce fameux Edit, extorqué par l'herefie, & dicté les armes à la

Pf. 100. v.

Verbum falutis.
Act. 13. 26.

Révoqué en Octo-bre 1685.

main, les ménaces dans la bouche, la fédition
dans le cœur, & enfanglantée du meurtre
d'une infinité de Catholiques, dont, fur les
moindres contradictions, elle refpiroit le carnage; Edit injurieux à la memoire de nos plus
grands Rois, qu'ils avoient figné à regret fur
leur Trône chancellant, & dans l'agitation
de la Monarchie, épuifée, ou menacée de toutes parts; Edit qui mettoit Ifmaël de pair
avec Ifaac, qui confondoit Efaü avec Jacob,
& qui malgré les pleurs de l'Eglife, gémif-
fante, & inconfolable comme une autre Rachel,
uniffoit dans les miniftéres les plus importans
de la République, deux efpeces de peuples,
qui déchiroient le fein de cette Mere, enne-
mie du fchifme, de la divifion. Ce coup por-
té à l'erreur, par un Monarque dont elle haïf-
foit intérieurement la domination, & dont
elle voyoit avec chagrin l'autorité s'accroître,
pénétra de couroux, & mit en fuitte fes plus
obftinés, & plus dangereux partifans.... épars,
indignés, furieux, ils fondirent en foule chez
les alliez du menfonge, & fonnérent l'alarme
aux quatre coins de l'Europe: ce fut là, en effet, le prétexte, & le fondement de cette Ligue formidable, concluë à Aufbourg, entre
tous les Princes Proteftans, & où l'on eut la
confufion, & la douleur de voir entrer des Sou-

Juillet
1686.

verains, qui profeſſans la foy de LOUIS auroient dû épouſer ſes intentions, & appuyer ſon entrepriſe ; mais hélas ! ſi la foy que pro-feſſoit LOUIS, leur étoit chere, & ſacrée, ſa puiſſance qu'il venoit de ſignaler par la deſ-truction du fier Calviniſme, leur étoit ſuſpec-te, & odieuſe ; le Roy, ſans s'étonner du fré-miſſement de tant de nations, conjurées, plûtôt contre le Seigneur, & contre ſon CHRIST, que contre lui-même, continuë avec courage, ce qu'il a commencé avec ſageſſe; ſoit pour déconcerter, ſoit pour reduire au reſpect, & à l'obéïſſance, la ſéditieuſe hereſie, il permet à ſes troupes fieres, & brillantes de ſe montrer aux rebelles. Mais au fond, comme David, plus tendre pere, que Monarque irrité, vouloit que le glaive de ſes Géneraux épargnât le perfide Abſalon : le Roy en faiſant luire ſon épée ſur ces égarés opiniâtres, n'avoit en vûë que leur converſion & leur ſalut ; ceux que la lueur du tonnerre avoit effrayés, ſcandaliſés, ou interdits, eu-rent la conſolation de voir l'orage, & la ter-reur ſe terminer à un procedé plein de ten-dreſſe, & de magnificence : comme l'éprouva Saul, frappé par JESUS-CHRIST ſur le che-min de Damas, & terraſſé pour en faire un Apôtre. Que de bienfaits ! Que de penſions ! Que d'honneurs ! pour animer ceux que le be-

quo tenea-
tur vel op-
pugnetur
Ecclesia ?
Ecce ha-
bent, Pau-
lum apof-
tolum : a-
gnoscant
in eo prius
cogentem
Christum
postea do-
centem,
prius fe-
rientem &
postea con-
folantem.
De Aug.
de correct.
donat. ad
Bonif. Eif.
185.
Cecidit, ce-
cidit Baly-
lon, &c.
Apoc. 14.
8.
Joannis 10.
12. 16.

Deo fer-
viunt Re-
ges si in
suo regno
mala pro-
hibeant,
non folum
quæ perti-
nent ad
humanam
societaté,
verum etiâ
quæ ad di-
vinam Re-
ligionem.
D. Aug.
contraCref-
conium.Do-
nat. lib. 3.
p. 464. no-
va edit.

foin, le dépit, ou la honte pouvoient retenir ?
Enfin l'ouvrage est consommé ; elle est tombée, elle est tombée, cette criminelle Babylo-
ne, qui avoit en sa main une coupe fatale pour
enyvrer toutes les nations du vin de sa fureur ;
il n'y a plus en France qu'un troupeau, & un
Pasteur. Pouvons-nous assez benir la memoire
du Prince, qui a rétabli l'Eglise, & la verité
dans leurs droits, & qui aux dépens de la politique humaine, & malgré de fâcheuses guerres qu'on lui a suscitées, à rempli les devoirs
d'un Roy tres-Chrétien, en purgeant ses Etats
du poison de l'erreur, & a rendu la veritable
Religion dautant plus florissante parmi ses
peuples, qu'ils sont en pouvoir de l'exercer
tranquillement, & sans obstacle..... Hé ! Messieurs, la minorité de son successeur nous éton-
ne par son calme ; peu s'en faut que ce calme ne nous console, de ce que nous avons
perdu : me tromperois - je, en attribuant ce
calme qui nous surprend, à la ruine entiere
d'un parti factieux, & toûjours attentif à profiter de la mort, & de la foiblesse de nos Rois,
pour s'accrediter, & s'affermir ?

Jugez par de tragiques effets, des sentimens
& de l'esprit de cette heresie, dont le sage
LOUIS a été le ferme, & l'invincible destructeur ; je veux parler de cette révolution si

funeste, & si scandaleuse, qu'elle trama, & qu'elle fit éclore dans une contrée, qui avant son regne, étoit *l'Isle des Saints*, & qui seroit telle encore, si elle guérissoit de sa contagion. Quel spectable s'ouvre à mes yeux ! Tous les Potentats remüent, & conspirent à dépoüiller, & à chasser un Roy vertueux, & legitime........ Puissances suprêmes, que Dieu a placées sur nos têtes, & qu'il nous ordonne de revérer, & de chérir, quand même vous abusez de l'Empire, êtes vous donc importunées de vos distinctions, & de vos privileges ? Voulez-vous affranchir nos hommages, & nos respects, & persuader à l'univers instruit à vous craindre, qu'un Souverain peut devenir impunément, quand il plaît à ses peuples, leur victime ou leur vassal ; qu'il leur est libre d'abattre ce Trône, que vous dites sacré, & vôtre but, en vous armant, pour dégrader vôtre pareil, est-il de mettre desormais la Royauté, au rang des dignités les moins assurées, & les plus dépendantes.............. Ah ! craignez, quittez, fuyez cette terre orageuse, Prince génereux, sainte victime de la persecution ; épargnez-lui les horreurs d'une attentat ; LOUIS se prepare à vous ouvrir ses bras, & son Palais : consolez-vous ; son héroïque, & constante amitié, peut vous tenir lieu de

vos fragiles couronnes. Helas !. Meſſieurs,
ce fut dans cette conjonĉture, que je voudrois,
pour l'honneur de tant de grands Princes, dont
nous nous félicitons d'être maintenant les Alliez, & les amis, pouvoir effacer de l'Hiſtoire, que l'Europe ſurpriſe de ſe voir en feu,
pour aider à l'injuſtice, & à l'uſurpation, eut
droit de penſer, qu'il n'y avoit plus qu'un Roy
ſous le ciel, puiſqu'il n'y avoit que L O U I S
L E G R A N D défenſeur de la Royauté :
mais quel avantage, & quelle viĉtoire pour la
Religion, de voir ces deux Monarques, l'un
ſacrifier pour elle toute la gloire de regner,
l'autre déployer toutes ſes forces, & toutes ſes
richeſſes, pour la vanger, & pour donner un
azile honorable, à ceux qui avoient eu le
courage de laiſſer parens, patrie, fortune, plûtôt que d'abandonner leur Roy, & le culte
vénerable de leurs peres !

C'étoit aſſez que la Religion fut outragée,
ou en péril, pour engager le Roy, aux plus
pénibles entrepriſes, & pour lui faire oublier
auſſi-tôt ſes prétentions, ſes interêts, ſes plus
juſtes reſſentimens. Et voici quelques exemples : Les ennemis du nom Chrétien réveillent
toute leur haine, & ſe réüniſſent contre le
chef de cette fiere, & auguſte Maiſon, qui
a diſputé long-temps, & vainement, la ſuperiorité

riorité à la Maiſon de France , & qui ſeule , poùvoit la lui diſputer : l'Empereur voyoit un nuage horrible ſe former ſur ſon diadême , & un impétueux torrent ſur le point de ſe déborder , & d'entraîner la Hongrie , & l'Empire. Nation allarmée , regarde du côté de la France, & ne crains rien de la part de LOUIS. Cette circonſtance ſeroit favorable pour la politique d'un autre ; mais la ſienne eſt de protéger la Religion;tu auras du ſecours,& quand le Soleil des François ſe ſera échauffé pour ta défenſe, les Turcs,& lesTartares fuïront devant toi comme la pouſſiere,que le vent diſſipe. *Cum incaluerit ſol, tunc erit vobis ſalus.* C'étoit, ce que diſoit Saül, pour animer le peuple de Dieu, contre les enfans d'Ammon & d'Eſaü....... Dans une autre rencontre, & dans un péril ſemblable, le Roy ne montra-t-il pas , en faveur de la même Puiſſance, la même generoſité, & ne donna-t-il pas ordre , qu'on levât , ſans délai , le blocus de Luxembourg, pour ôter à l'Empereur l'inquietude, que le voiſinage de nôtre armée lui pouvoit cauſer, & le mettre en état de faire tête au ſuperbe Croiſſant? Quelle autre vûë pouvoit-il avoir en cela , que l'honneur de la Religion , & à quoi fut-il jamais plus ſenſible, qu'à ſon progrez ? lorſque dans le cours de ſes expéditions militaires , il avoit

La celebre bataille de S. Gothard gagnée ſur les Infidelles par le ſecours des François , premier Aouſt 1664.

1. *Reg.* 11. 9.

premier Avril 1682.

G

réduit les Villes, & foudroyé les ramparts, son premier soin n'étoit-il pas d'y ramener l'Arche d'alliance, d'y relever les Autels, d'y rallumer le feu du sanctuaire, éteint depuis de longues années, & combien de fois JESUS-CHRIST est-il rentré dans son Domaine, triomphant avec LOUIS vainqueur ? Ne sont-ce pas là tous les traits d'un Monarque, zélateur de la foy, & donné pour la faire dominer sur les peuples qu'il gouverne ?

Cependant, Messieurs, si je n'avois que ces preuves de la foy, de la pieté de LOUIS, il y auroit à craindre, que l'envie ne renouvellât ici la question, qu'elle osa faire à Dieu, au sujet d'un Prince, dont l'immuable vertu irritoit l'enfer. *Num quid Job frustra timet Deum ?* Si Job vous est soumis & fidele, Seigneur, est-ce gratuitement ? Vous lui avez fait de vôtre protection un rampart ; vous avez rendu sa famille nombreuse, & florissante ; vos yeux propices, & attentifs gardent ses Frontiéres ; vous benissez ses Ouvrages, & ses desseins, & jamais Souverain, parmi les Orientaux, ne fut ni plus puissant, ni plus heureux. Mais que cette main, qui le soûtient, & qui le favorise, se ferme, ou s'arme du fléau des adversités ; & vous verrez si Job continuëra de vous servir, & de vous donner des benedic-

Vallasti eum, domum ejus, universamque substantiam percircuitum. *Cap.* 1. *v.* 9.

tions. Ce que Dieu permit, pour éprouver la fidelité de son serviteur, ou plûtôt, pour en convaincre l'enfer jaloux, il l'a permis pour mettre au jour le desintereſſement, & la sincerité du zele religieux de LOUIS. Rappellez, Meſſieurs, les évenemens bizarres, & divers de cette guerre, terminée, depuis peu, selon nos prétentions, & les desirs de l'Eſpagne ; Guerre dont la nature, & la justice avoient de concert allumé le flambeau, & dont le Roy ne pouvoit se défendre, sans flêtrir ses Sujets, en leur attirant l'odieux soupçon, d'être foiblement dévoüez à la gloire, & à la satisfaction de leur Monarque ; Guerre dont le but, & le succés ont été, de mettre fin à la fatale émulation des deux plus celebres Monarchies du monde, & d'aſſurer à nous, & à nos descendans, un commerce plus avantagenx, & un repos plus durable ; Rappellez-en, dis-je, les évenemens : La victoire, fidele depuis long-tems à nos drapeaux, deserta nôtre Camp, pour aller enrichir par ses faveurs, des climats qui lui étoient presqu'inconnus : LOUIS, dans ces tristes revers, relâcha-t-il de sa ferveur pour le Tres-haut, & répondit-il autrement aux humiliations réiterées qu'il en reçût, que par un attachement plus déclaré pour son culte ? Ne fut - ce pas

G ij

dans cette faifon malheureufe pour nos lys, &
que l'on pouvoit appeller l'hyver de leur gloire , qu'il donna de nouveaux Edits contre les
heretiques, & les profanateurs, & qu'il tira de
fes Finances prefque épuifées, de quoi accom-
plir, avec grandeur le vœu folemnel de LOUIS
LE JUSTE , & de quoi ériger , en l'honneur de Marie , dans le plus augufte de fes
Temples , au milieu de la Capitale de ce
Royaume , un riche monument de leur commune reconnoiffance ? Quand on voit un fi
grand Monarque toûjours ferme dans la crainte du Seigneur , quoi qu'il arrive , quel triom-
phe n'eft-ce pas pour la Religion !

Ce n'eft point affez, Meffieurs, pour faire é-
clater toute fa vertu ; des tentations plus rigou-
reufes fe préparent : comme un autre Job, il perdra fes enfans. La mort, en tyran puiffant, &
furieux, inveftit la Maifon Royalle, marque fes
victimes , pour les immoler par degrés , tire
fon glaive, léve le bras, abbat, & jette dans le
tombeau les têtes les plus cheres à nos befoins,
& à nos efpérances; trois Dauphins ravis dans
le cours d'une feule année : une Princeffe, digne époufe du fecond, frappée du même coup,
& unie à lui dans le cercueil ; un Prince, image fidele du premier , enlevé peu à aprés, une
Reine les délices de l'Efpagne , & du nouveau

Calcet fu-
per eum
quafi Rex
interitus.
Job. 18. 14.

Monarque, sujette au même sort. LOUIS
se défendra-t-il d'être pere dans ces afflictions ?
& s'il est pere, ne sera-ce point aux dépens
de sa résignation, & de sa pieté ? Aaron cessa, *Levit. 10.*
pour un tems d'être Prêtre, aprés la mort de *19.*
ses deux fils ; l'encensoir tomba de ses mains
défaillantes ; il n'eut point la force d'offrir le
sacrifice, tant la douleur s'étoit emparée de
son ame ; Moyse lui-même reçût pour excuse,
son extrême tristesse......... Non, Messieurs, le
Roy ne se démentira ni à nos yeux, ni aux
yeux du Seigneur ; la tendresse paternelle aura
ses droits. Mais ils céderont à ceux du Chris- *Job solus*
tianisme ; nous lui verrons la même ardeur, *à familia*
la même assiduité, le même front aux pieds *Deo.. vul-*
des Autels ; son cœur, toûjours entier, parmi *cussus à*
ces mortelles atteintes, se remplira de Dieu, *que ad pe-*
selon l'expression de S. Augustin, à mesure *ger tamen*
qu'il perdra de ses consolations ; l'épouse de *Aug. in Ps.*
JESUS-CHRIST, la mere de tous les fidelles, *55.*
prendra la place de sa famille ; son zele redou-
blé, qui ne se refuse à rien, nous découvri-
ra de plus en plus ses religieuses intentions, &
nous obligera de reconnoître, à en juger par
ses intentions même, que le titre de Fils aîné
de l'Eglise, auroit dû pour lui en particulier,
prendre naissance, si, depuis plusieurs siecles,
nos Rois n'en étoient en possession, & ne l'a-

voient mérité par des fentimens , & des actions qu'il a fidellement fuivis , & peut être glorieufement furpaffés.

Les épreuves de Job continuent, & fe renouvellent: LOUIS eft frappé , comme lui, d'une playe humiliante , mais hélas ! fans remede ; Et c'eft Dieu lui-même qui porte le coup ; ce Dieu , fous la main duquel David aprés avoir été l'honneur , & l'amour d'Ifraël par fa valeur , & par les plus nobles graces du corps , & du maintien , courbé , affoibli , languiffant, fécha comme l'herbe , & vit fa chair flêtrie , & ulcerée fe coller à fes os , & y attacher la corruption.................... Quel genre de maladie pour LOUIS LE GRAND ! mais quelle foûmiffion aux ordres de la Providence ! Quelle conftance , quelle tranquilité dans fes derniers jours , & que cette tranquilité , eft un rare prodige ! Car, Meffieurs, qu'un Roy meurt de fois , avant que d'expirer , quand il tient à tout ce qui l'environne, & que le nôtre avoit de morts à foutenir , avant la derniere , fi la terre l'eût plus occupé que le ciel ! Palais fomptueux , Cour magnifique, & foumife, famille aimable , & dévoüée à fes vœux , peuple immenfe, peuple fidele , puiffance, gloire , fplendeur qui n'eut point d'égale : encore une fois, Qu'un Roy,

tel que LOUIS LE GRAND, étoit en 1. Reg. 15. 32.
droit de s'écrier. *Siccine separat amara mors ?*
Mort impitoyable pourquoi m'arraches tu à
tant de biens ? Ah ! Messieurs, LOUIS n'en
connoît point d'autres, que la soumission à
celui qui seul est le Roy immortel, & qui
tient en sa volonté la vie des Conquerans, comme celle de leurs esclaves ; il veut qu'on lui
déclare l'état où il est, & le péril, s'il y en a;
dés qu'il en est averti, il défend les pleurs ; il
a recours aux Sacremens ; il les reçoit avec la
même liberté d'esprit, & avec la même sere-
nité qu'il les recevoit dans la vigueur de la
santé, & dans l'éclat de la pompe Royalle;
aprés avoir pourvû avec une ferveur toute nouvelle, avec édification & serieusement aux besoins de son ame, il appelle sa Cour, il rassem-
ble les Princes, il se montre à ses amis, il leur
parle à tous, selon le rang qu'ils tiennent dans
son cœur, ou dans ses Etats, il paroît encore tout
à la fois & leur Maître & leur pere, il est
mourant, & jamais il ne fut Roy avec plus
de Majesté : l'admiration, en l'écoutant l'em-
porte même sur la douleur. Ce courage, cependant, n'est pas la sécurité présompteuse du
Pharisien, ni la vanité insensée d'un Philoso-
phe, qui, aprés avoir négligé le présent, bra-
ve l'avenir ; C'est la soumission sage, & subli-

me d'un Chrétien, que la Religion rend plus grand, que le monde entier, & que rassure contre ses pechez une regularité exemplaire, & constante pendant vingt-cinq années, & plus encore l'humble esperance aux misericordes infinies de l'éternel : si quelque chose altére sa tranquilité, c'est l'inquiétude de nôtre bonheur ; regardez comment il agit pour y pourvoir : David, en finissant, donna-t-il pour le repos de son Empire, & pour l'instruction de son successeur, des avis plus judicieux & plus salutaires ? LOUIS, ordonne, qu'on lui amene le jeune Dauphin : Il s'attendrit en le voyant ; il le prend entre ses bras, & fixant sur lui des regards tristes, mais tendres & paternels, il le bénit à la maniere des Patriarches, & lui adresse ces mots, en conjurant ceux qui sont chargez de son éducation d'en faire sa leçon la plus ordinaire......... Helas ! Messieurs, pourrez-vous les entendre, sans que vos entrailles soient émuës, & ma voix ébranlée par la douleur, n'affoiblira-t-elle point leur dignité ?....... *Je vais mourir, mon fils,* lui dit-il, toûjours ferme au milieu des larmes qui cou- „ lent de toutes parts, *Je vais mourir, vous al-* „ *lez être Roy, aimez vos peuples, si vous vou-* „ *lez en être aimé, & traitez-les avec plus de* „ *douceur que je n'ai fait ; on vous dira que ma*

vie

3. Reg. 2.
v. 1. 2. 3. 4.

vie a été mêlée de beaucoup de bien, & de beau- "
coup de mal, & qu'il m'est arrivé d'entrepren- "
dre des guerres, quelquefois un peu legerement; "
évitez mes fautes, craignez Dieu, aimez vos "
Sujets ; & ne prenez jamais les armes que "
dans la nécessité..... Certes Voilà LOUIS LE
GRAND au naturel; c'est moins sur le Trône, qu'au lit de la mort, qu'il faut étudier les
Monarques, parce que c'est à la mort, dit l'E-   In fine ho-
criture, que l'homme se fait connoître. Les   minis de-
nudatio o-
dernieres paroles du Roy nous développent son   perum il-
caractére; arrêtons-nous-y, & pesons-les avec   lius.
reflexion. *Craignez Dieu, & aimez vos Su-*   Eccli. 11,
jets, dit-il à l'heritier de son Sceptre, & de   29.
son nom.   Ce n'étoit donc pas ostentation,
ou politique, quand nous l'avons vû fervent
adorateur de nos mystéres ; sa conscience n'é-
toit donc pas aveuglée, ou endurcie par les
maximes de la flaterie, & de la complaisan-
ce idolâtre; il étoit donc bienfaisant, & humain, & il avoit appris que les Souverains, ne
font que les administrateurs des biens de leur
Royaume, & qu'ils en doivent compte au Tri-
bunal du Roy des Rois. Ah ! ce n'est point à lui
qu'il faut nous en prendre, si nous avons perdu l'opulence ordinaire. France, les ennemis
de ta félicité, n'étoient pas seulement au de-
là des mers, & chez les Etrangers, dans les

                              H

calamités de la guerre : tu nourriſſois dans ton ſein, des adverſaires, plus dangereux, & plus ardents à te devorer ; des hommes affamés des dépouïlles de leur patrie ; des monſtres, (ſi la douceur de mon miniſtére me permet cette expreſſion) plus réels que ceux de la terre pro-miſe ; qui n'ont rien épargné pour changer cette contrée de benediction, en un climat de fer ; qui voloient le Monarque, ſous prétexte de le ſervir, & qui ne faiſoient paſſer que goutte à goutte dans ſon épargne, les abondans ſecours de nôtre genereuſe affection. Mais enfin leur chûte, & peut être, (mais la charité chrétien-ne m'interdit de le ſouhaiter) leur punition approche ; & ce que L O U I S n'a point ſçu, ce que le courroux du ciel ne lui a point per-mis de faire, ce que le zele de ſa conſervation a forcé les Grands, & les Miniſtres de lui laiſ-ſer ignorer : un Prince de ſon ſang, guide éclai-ré du jeune Roy, digne lui-même de la Royau-té, le ſçait, s'applique à refermer nos playes, prépare des remedes à tous nos maux, & leur aſſure, ſi nos iniquités ni mettent point d'obſ-tacle, au moins un ſoulagement prompt, & ſenſible.

N'allons donc point au Trône du Succeſſeur de L O U I S, nous plaindre, comme les Iſraë-lites, aprés la mort de Salomon, que ſon pere

nous a preſſez ſous le poids d'un joug cruel.
Pater tuus duriſſimum jugum impoſuit nobis. 3. *Reg.* 12.
Si nous avons été chargés , dans ces derniers ⁴·
tems , ce n'a point été comme le fut Iſraël ,
ſur la fin du regne de Salomon , pour fournir
aux voluptés ruineuſes , & aux folles prodiga-
lités d'un Monarque abandonné de la Sageſſe,
& de la raiſon même ; tandis que le fameux
Roy de Juda , fidele à Dieu , & à ſon devoir,
ne leva des tributs , que pour maintenir le repos de ſes Etats , pour agrandir ſes maiſons,
ou pour embellir le Sanctuaire , l'Ecriture re-
marque que ce fut pour ſes Sujets un fardeau
leger , & que fourniſſans à de ſemblables dé-
penſes ſans chagrin , & ſans murmure , ils man-
geoient en paix , à l'ombre de leur vigne , &
de leur figuier , le peu qu'on laiſſoit à leurs
néceſſités , conſolés du peu qu'ils avoient , par
le plaiſir d'obéïr à un Maître , qui étoit ſupe-
rieur à tous les autres , en puiſſance , & en merite. *Habitabat Juda, & Iſraël , abſque timo-* 3. *Reg.* 4.
re ullo , unuſquiſque ſub vite ſua , cunctis die- ²⁵·
bus Salomonis.

Pouvons-nous , Meſſieurs , ſi nous ſommes
équitables , prendre aujourd'hui des ſentimens
moins paiſibles ? Il eſt vrai qu'un torrent de
fâcheux Edits a inondé nos fortunes , & cauſé
parmi nous une calamité univerſelle ; mais

croyez-vous que le Roy, pour en venir là, n'ait fait aucune violence à sa bonté naturelle; lui, qui, pour conserver à nos familles leur appui, & toute leur douceur, à proscrit, par les menaces d'un châtiment ignominieux, & certain la fureur meurtriére des duels; lui qui, pour corriger l'avare malignité de la chicane, qui nous rendoit les fruits de la justice plus amers que l'absinthe, a déployé toute son attention, & toutes les lumieres de sa prudence Royalle; lui dont la main secourable, à préparé à la valeur infirme, & malheureuse, un somptueux azile, avec des consolations militaires, & chrêtiennes; lui, qui pour soulager d'anciennes, & illustres maisons, que leur propre gloire auroit appauvries, a fondé une magnifique & sûre retraitte, où de jeunes Vierges, recommandables par leur naissance, trouvent & une saine éducation, & un établissement avantageux; lui, qui pour délivrer nos Provinces esclaves, & tributaires d'une fiere, & tyrannique noblesse, arma de tout son pouvoir des Magistrats éclairés, & choisis; lui (aurions-nous pû l'oublier ?) qui, pour mettre fin plus promptement à nos peines, n'a rien moins offert, que le sacrifice des plus chers interêts de son sang, & même de sa couronne: hé! à quel usage ont été destinées les impositions,

Edit contre les duels. en 1662.

Amos. 6. 13.

Le Code Louis en 1667.

Les Invalides en 1676.

Saint Cyr en 1687.

Les grands jours en 1666.

Les premieres propositions de la derniere paix.

qui nous péfent, & qui nous affligent? à foutenir , & à payer les frais immenfes d'une
guerre jufte ; à recueillir noblement dans fes
États, des Alliés magnanimes & fidelles, qui
s'étoient facrifiez à la défenfe de nôtre caufe ;
à nous procurer , & affermir une paix necef-
faire, & defirée, mais difputée, fugitive, chan-
celante: à ce prix les fages d'Ifraël, & de Juda,
fe feroient-ils récriés fur la rigueur du gouvernement? fe feroient-ils plaints féditieufement de
leur mifere, & n'en auroient-ils pas accufé les
crimes de la nation , plûtôt que la dureté du
Souverain? perfuadés de l'éternelle verité, de
cet oracle du faint Efprit, que le peché feul,
rend les peuples miferables. *Miferos facit po-*   *Prov.* 14.
pulos peccatum.   34.

    Convertiffons-nous donc, Mes chers freres,
pour mériter deformais un Regne encore plus
doux, que ne l'a même été celui de LOUIS
LE GRAND , pendant l'efpace de plus de
cinquante années, & tel qu'il eût voulu le ren-
dre, jufqu'à la fin de fa vie. Nous avons un Roy,   Septem an-
à peu aprés de l'âge, où Joas monta fur le   norum erat
  Joas cum
Trône: appellé de loin à la Royauté , par un   regnare
miracle égal de la providence, & fauvé, com-   cœpiffet.
  4. *Reg.* 11.
me lui, des portes de la mort , qui au ber-   *v.* 21.
  2. *Paral.*
ceau parut le menacer, & dont fon ayeul ,   22.
l'auteur de fa naiffance , & deux freres fes aî-

nés ont été fucceffivement les victimes , pour
lui faire place : Que ne devons-nous pas efpe-
rer de ce précieux refte du fang de David, me-
nagé pour nos befoins , & que Dieu , au milieu même de fa colere, nous a confervé fous
les aîles de fa mifericorde ? Pour comble de

2. *Paral.*
23.
bonheur , un autre Joïada , un Prince qui n'a
pas le caractére facré de grand Prêtre , mais
qui en a l'équité , la fageffe , la modération ,
conduit le jeune Monarque, lui tient lieu de
pere par fes tendres foins , le reprefente ,
& l'infpire. Prions, Meffieurs, prions le Roy
immortel, qu'il donne , à l'un & à l'autre , fa

Pf, 71. 2.
juftice , & fon jugement , & que le fage R E'-
GENT, plus heureux que Joïada , aprés la mort

2. *Paral.*
24. 17.
duquel , Joas , devenu la proye de la flaterie ,
démentit fon éducation , recueille un jour , fe-
lon fes defirs , & les nôtres , ce qu'il va femer
dans cette ame tendre , pour le repos , & la
gloire de cet Empire.

Vous ne rejetterez pas , ô mon Dieu , des
vœux fi legitimes ; vous régarderez enfin en
pitié cette France , fi jaloufe de la pureté de
vôtre Religion ; vous ferez regner , fur vôtre
montagne fainte , le Prince dont il vous a
plu nous priver ; vous lui pardonnerez l'homme , & le Roy ; vous, devant qui les vertus ne
font pas fans tache , & vous lui donnerez le

falut, en confidération de vôtre Eglife, dont il s'eft montré le plus attentif, le plus conftant, & le plus zelé protecteur : de vôtre nom adorable, qu'il a fait porter dans les plus reculés climats : de ce facrifice d'expiation, qui fit toûjours fa plus douce efperance, & qui vous eft offert par un Pontife fi religieux. Vous répandrez fur le Royal, & Augufte Enfant que vous avez choifi pour lui fucceder, les talens, & les graces, qui font d'un Souverain l'honneur, le foutien, les délices, & fur tout l'édification de fon Royaume. Pour nous, Seigneur, nous reconnoîtrons, au pied de cet Autel, dans l'amertume d'une douleur profonde, qu'excite dans nos cœurs la perféverance de vôtre courroux terrible, mais helas ! trop jufte, qu'en perdant LOUIS LE GRAND, nous avons perdu un Roy, & un tres-grand Roy. *Princeps & maximus cecidit in Ifrael.*

Qui das falutem Regibus.
Pf. 143. 10.

* * *

APPROBATION.

J'AY lû par l'ordre de Monfeigneur le Chancelier, cette *Oraifon Funebre de Louis le Grand*, compofée & prononcée par M. l'Abbé le Prevoft, & je l'ai jugée tres-digne d'être donnée au Public. Fait à Paris le 4. Decembre 1715.

RAGUET, Docteur en Theologie.

PRIVILEGE DU ROY.

LOUIS par la grace de Dieu, Roy de France & de Navarre ; A nos amez & feaux Conseillers, les gens tenans nos Cours de Parlement, Maîtres des Requêtes ordinaires de nôtre Hôtel, grand Conseil, Prevôts, Baillifs, Senéchaux leurs Lieutenans Civils & autres Justiciers & Officiers qu'il appartiendra, SALUT. Nôtre amé NICOLAS PEPIE, Marchand Libraire à Paris, nous a fait exposer qu'il souhaiteroit faire imprimer un ouvrage intitulé *Oraison Funebre de Louis Quatorze, Roy de France & de Navarre*, faite par M. l'Abbé le Prevôt, Prédicateur ordinaire du Roy ; s'il nous plaisoit lui en donner une permission par nos Lettres, sur ce necessaires pour nôtre Ville de Paris seulement. A CES CAUSES, voulant favorablement traiter l'exposant, nous lui permettons & accordons par ces presentes de faire imprimer ledit ouvrage qui a pour titre *Oraison Funebre de Louis Quatorze Roy de France & de Navarre*, faite par M. l'Abbé le Prevôt, Prédicateur ordinaire du Roy, par tel Imprimeur qu'il voudra choisir ; en tel volume, marge & caractere, & autant de fois qu'il voudra pendant l'espace de trois années consecutives, à compter du jour & datte des presentes ; faisons défenses à toutes personnes d'en introduire d'impression étrangere dans aucun lieu de nôtre obéïssance, & à tous Imprimeurs Libraires & autres de nôtredite Ville de Paris seulement d'imprimer ou faire imprimer ledit ouvrage à peine de mille livres d'amende contre chacun des contrevenans, applicable un tiers à l'Hôtel Dieu de Paris, un tiers à l'exposant, & l'autre tiers au dénonciateur, de confiscation des exemplaires contrefaits & de tous dépens, dommages & interêts, à la charge que ces presentes seront registrées tout au long sur le Registre de la Communauté des Imprimeurs Libraires à Paris, & ce dans trois mois du jour de leur datte ; que l'impression dudit ouvrage sera faite dans nôtre Royaume, & non ailleurs, sur de bon papier, & en beaux caracteres, conformément aux Reglemens de la Librairie, & qu'avant de l'exposer en vente, il en sera mis deux exemplaires dans nôtre Bibliotheque publique, un dans celle de nôtre Château du Louvre, & un dans la Bibliotheque de nôtre cher & feal Chevalier Chancelier de France, le Sieur Voisin, Commandeur de nos Ordres, le tout à peine de nullité des presentes : du contenu desquelles nous vous mandons de faire joüir l'exposant, ou ceux qui auront droit de lui, pleinement & paisiblement, sans souffrir qu'il lui soit fait aucun empêchement. Nous voulons que la copie des presentes qui sera imprimée au commencement ou à la fin dudit Livre, soit tenuë pour duëment signifiée, & qu'aux copies qui en seront collationnées par l'un de nos amez & feaux Conseillers & Secretaires, foi & soit ajoûtée comme à l'original : commandons au premier nôtre Huissier ou Sergent sur ce requis de faire pour l'execution des presentes toutes significations, & actes necessaires sans demander autre permission, nonobstant Clameur de Haro, Charte Normande & Lettres à ce contraires. CAR TEL EST nôtre plaisir. Donné à Paris le dixiéme jour de Decembre l'an de grace mil sept cens quinze, & de nôtre Regne le premier. Par le Roy en son Conseil, LAUTIER.

Registré sur le Registre n°. 3. de la Communauté des Libraires & Imprimeurs de Paris page 1009. n°. 1334. conformément aux Reglemens, & notamment à l'Arrêt du Conseil du 13. Aoust 1703. A Paris ce 11. Decembre 1715. Signé DELAUNE, Syndic.

www.ingramcontent.com/pod-product-compliance
Lightning Source LLC
Chambersburg PA
CBHW060824180626
46818CB00002B/935